P9-EMJ-802

Au bout de la rue

Catalogage avant publication de Bibliothèque et Archives
nationales du Québec et Bibliothèque et Archives Canada

Mercier, Johanne

   Au bout de la rue

   (Le trio rigolo ; 24)
   Pour les jeunes de 10 ans et plus.

   ISBN 978-2-89591-138-8

   I. Cantin, Reynald. II. Vachon, Hélène, 1947-   . III. Rousseau, May, 1957-   .
IV. Titre. V. Collection: Mercier, Johanne. Trio rigolo ; 24.

PS8576.E687A93 2012   jC843'.54   C2011-942200-X
PS9576.E687A93 2012

© 2012 Les éditions FouLire inc.
4339, rue des Bécassines
Québec (Québec) G1G 1V5
CANADA
Téléphone: 418 628-4029
Sans frais depuis l'Amérique du Nord: 1 877 628-4029
Télécopie: 418 628-4801
info@foulire.com

Les éditions FouLire reconnaissent l'aide financière du gouvernement
du Canada par l'entremise du Programme d'aide au développement de
l'industrie de l'édition (PADIÉ) pour leurs activités d'édition.

Elles remercient la Société de développement des entreprises culturelles du
Québec (SODEC) pour son aide à l'édition et à la promotion.

Elles remercient également le Conseil des Arts du Canada de l'aide accordée
à leur programme de publication.

Gouvernement du Québec – Programme de crédit d'impôt pour l'édition de
livres – gestion SODEC.

Au bout de la rue

AUTEURS ET PERSONNAGES :

JOHANNE MERCIER • *Laurence*
REYNALD CANTIN • *Yo*
HÉLÈNE VACHON • *Daphné*

ILLUSTRATRICE :

MAY ROUSSEAU

Le Trio rigolo

LAURENCE

« Et pendant quelques minutes, Geneviève et moi, on a eu tout plein d'images de nous deux devenues millionnaires grâce à Sidney Crosby. »

J'essayais désespérément de calculer l'heure d'arrivée d'un train en multipliant sa vitesse par le nombre de kilomètres qu'il devait parcourir. Je ne comprenais rien. Avec moi, les passagers n'étaient pas près de savoir à quelle heure ils seraient chez eux et je ne voyais pas l'heure à laquelle je teminerais cet affreux devoir de math. J'avais 14 résolutions de problèmes à remettre le lendemain, j'étais coincée à la sous-question a) du numéro 1 de la première page !

Mais je travaillais. Du moins, j'essayais.

À la table, devant moi, mon amie Geneviève parlait de tout et de rien en plongeant son cinquième biscuit Oreo dans son troisième verre de lait. Geneviève affirmait avec tout le sérieux du monde que le cerveau a toujours besoin d'une bonne grosse dose de sucre pour résoudre des problèmes de haut niveau comme ceux-là. Elle pointait mon cahier. Son biscuit dégoulinait sur mon devoir. Je n'avançais pas.

Et quand j'ai entendu ma mère rentrer en catastrophe, j'ai compris que mon travail de math était sérieusement menacé. En posant le pied dans la maison, elle a hurlé :

– Laureeeeeeeeeeence !

– Je suis dans la cuisine, maman…

– Est-ce que ton père est arrivé?

J'ai aussitôt décelé la panique dans le ton de sa voix. J'ai répondu avec calme:

– Pas encore. Pourquoi?

– Jules est ici, j'espère?

– Non plus.

– Hugo?

– Hugo soupe chez Étienne.

– Ah! c'est pas vrai! Ils vont tellement être déçus.

Elle est apparue dans la cuisine, l'air dépité.

– Quand je pense que la maison est vide...

– Euh... je suis là, moi.

Elle m'a regardée pendant un bon gros quart de seconde.

– Nah! Toi, ça ne t'intéressera pas. Je le sais.

Mes yeux lui ont lancé des flèches.

Ma mère a très bien saisi que je n'appréciais pas de me faire exclure de la sorte. Alors elle a ajouté avec un petit sourire:

– Laurence, si je te dis que Sidney Crosby est au bout de la rue, qu'est-ce que tu vas répondre?

– Qui?

– Ben voilà.

Geneviève, elle, était déjà sortie.

J'ai couru la rejoindre.

Il y avait un attroupement de curieux, au bout de la rue. Une quinzaine de personnes qui attendaient patiemment que Crosby sorte de la grosse maison blanche. Des jeunes, des vieux, des voisins, des voisines et un grand chauve à la mâchoire carrée qui se tenait debout bien droit à côté d'une voiture noire et propre et neuve et rutilante et chic et sûrement très chère.

– La voiture de Crosby… m'a soufflé Geneviève. J'en reviens pas: la vraie voiture du vrai Crosby…

Je ne comprenais pas trop son enthousiasme.

– C'est le meilleur joueur de hockey, Laurence!

– Depuis quand tu t'intéresses au hockey, toi?

– Je ne m'intéresse pas au hockey, je m'intéresse aux héros! C'est Crosby! As-tu apporté ton appareil photo?

Je n'avais pas pensé apporter quoi que ce soit.

– Vas-y, vite ! a lancé Geneviève. Je t'attends !

– Où ça ?

– CHERCHER TON APPAREIL PHOTO !

Je n'avais pas l'intention de bouger. Geneviève l'a bien compris.

– Personne ne va nous croire, Laurence ! Il nous faut une preuve !

– Bof ! C'est pas grave, si personne nous croit. L'important c'est que nous, on le voie.

– Ce serait génial d'avoir une photo de nous deux avec Crosby ! Imagine la réaction de Gamache ! Il crèverait de jalousie.

– Je ne pars pas d'ici, Ge. J'ai trop peur de le rater. Il est sûrement sur le point de sortir de la maison… hiiii, c'est excitant !

Ses épaules ont descendu.

– Franchement, Laurence! Tu le connais même pas, Sidney Crosby.

– Je sais que c'est un super joueur de hockey, c'est déjà ça.

– Quelle position?

– Dur à dire. Les joueurs bougent tellement.

– Quelle équipe?

– Essaye pas de me piéger! Ça m'énerve ton petit ton «je connais plus Sidney Crosby que toi e nanananana!» On s'en fout. Moi aussi je veux le voir, c'est tout! Je veux son autographe!

– Qu'est-ce que tu ferais avec son autographe?

– Je sais pas. Peut-être que je pourrais le vendre sur eBay!

– Le VENDRE sur eBay? Es-tu tombée sur la tête? C'est le genre de chose que tu gardes toute ta vie!

Mais tout de suite après, elle a ajouté:

– Remarque que c'est pas bête... Y a des collectionneurs qui donneraient une fortune pour l'avoir...

– On serait riches, Ge. Être riches, c'est pas rien.

Et pendant quelques minutes, Geneviève et moi, on a eu tout plein d'images de nous deux devenues millionnaires grâce à Sidney Crosby...

Puis, la rumeur a commencé à monter. Les gens s'agitaient un peu parce que la porte de la grosse maison blanche venait de s'entrouvrir. Sidney Crosby allait apparaître d'une seconde à l'autre.

– As-tu un crayon? m'a demandé Geneviève.

J'ai toujours un petit stylo accroché à mon porte-clé.

16

– Super! As-tu un papier?

Geneviève était surexcitée. Je ne savais plus si c'était l'idée de rencontrer un héros ou celle de devenir millionnaire qui l'énervait autant. Je n'ai pas posé la question. J'ai fouillé dans toutes mes poches et j'ai fini par trouver...

– Juste un vieil emballage de Caramilk...

– C'est parfait!

La porte de la grosse maison blanche s'est ouverte plus grand et les gens se sont un peu bousculés. On devait être une vingtaine maintenant. Pas beaucoup plus. Si les voisins avaient su que Crosby était dans leur quartier...

Tout le monde fixait la porte, mais rien ne bougeait. J'ai pensé que c'était sans doute une ruse de star; attirer l'attention sur la porte et, mine de rien, s'enfuir par une autre issue! Par le garage, par exemple... Paul McCartney a déjà utilisé cette stratégie. Je le sais. Je l'ai vu. Enfin, je ne l'ai pas vu, justement. À cause de sa ruse.

Puis la porte de la maison s'est refermée sec. J'avais raison. Crosby voulait nous éviter. Éviter le délire de ses admirateurs. D'ailleurs, si j'avais des admirateurs, je ferais comme lui. Mais pour l'instant, je n'ai pas d'admirateurs, ce qui me simplifie grandement la vie quand je sors de la maison. Bref, je me suis retournée pour prévenir Geneviève et lui expliquer qu'il fallait ouvrir l'œil, que Crosby était sans doute sur le point de s'enfuir. Mais c'est elle que j'ai vue courir à grandes enjambées sur le trottoir.

– Où tu vas, Ge?

– Chercher mon appareil photo!

18

– T'es folle! Tu vas le rater!

Elle ne m'a pas répondu.

Geneviève tentait le tout pour le tout. Au fond, elle avait raison. On ne devient pas millionnaire sans courir quelques risques. Je ne l'ai pas retenue. Rien n'aurait pu arrêter Geneviève, cet après-midi-là, de toute manière.

Elle a disparu. Et Crosby est sorti!

Comme quoi la vie est parfois cruelle.

Il avait l'air gentil, Crosby. Mais je l'imaginais blond, je ne sais pas pourquoi. Et beaucoup mieux habillé. Je me suis approchée de lui sans peine et il a rapidement signé l'endos de mon vieil emballage de Caramilk.

Il s'est faufilé ensuite parmi les quelques badauds qui lui ont, eux aussi, demandé une petite signature. Quelques-uns l'ont même applaudi. Et j'ai applaudi moi aussi, tant qu'à y être. Il a souri, puis il s'est engouffré dans la voiture.

Et la voiture a filé.

C'est tout.

Rien de bien spectaculaire, pour une star, quand j'y repense. Rien d'éclatant. Autour, pas de crise, pas de grands cris, pas de bousculade, pas de larmes.

Du moins pas avant que Geneviève ne revienne !

– Aaaaaaaaaaaaah nooooooooooon ! Il est parti ?

Pour la consoler un peu, je me suis empressée de lui dire :

– Il est vraiment pas si beau, Ge...

Ce qui ne l'a pas consolée du tout.

– J'ai réussi à avoir son autographe ! C'est une bonne nouvelle, non ?

Elle était en miettes.

– Tout le monde se bousculait. J'ai failli tomber, me faire piétiner par la foule, mais j'ai foncé, sans abandonner, en pensant à toi...

Ce n'était pas suffisant pour lui faire retrouver le sourire. Je lui ai tendu le précieux bout de papier avec la signature de Crosby.

Elle a grimacé.

– C'est ça, son autographe ?

– Reste à le vendre, maintenant. Tu penses qu'on peut demander combien ? 500 ? Est-ce que c'est assez ?

– Personne ne va croire que c'est la signature de Crosby, Laurence ! C'est illisible. Il fallait vraiment avoir une preuve...

– Voyons, il a signé! C'est toute une preuve!

– Ça pourrait être l'autographe de monsieur Wong du dépanneur ou celui de ma mère. C'est n'importe quoi.

Oui, bon. Je trouvais moi aussi que Crosby aurait pu s'appliquer un peu. Remarquez, écrire son nom en vitesse sur un vieil emballage de Caramilk quand les gens vous bousculent, ce n'est pas évident.

– On voit un peu le S au début quand même…

– Personne ne va nous croire, Laurence!

Il me restait un dernier plan pour faire sourire ma meilleure amie.

– Je connais quelqu'un qui va tout faire pour avoir la signature de Crosby, Ge! Même si c'est illisible.

– Tu penses?

– Certaine à cent pour cent.

Mon frère Jules tournait le bout de papier de Caramilk dans un sens puis dans l'autre en essayant de comprendre ce que pouvait signifier l'espèce de gribouillis que je lui avais mis sous les yeux. Je ne disais rien. Je ne lui donnais aucun indice. Geneviève et moi, on attendait sa réaction. C'était tout un test! Le plus important, peut-être. Le test des tests.

– C'est quoi au juste? a demandé mon frère sur le ton de celui qui s'en fout un peu.

– Tu ne me croiras jamais, Jules.

Il m'a redonné le papier en haussant les épaules, sans poser de question.

– Tu veux pas savoir ce que c'est?

Il s'est assis devant son ordinateur.

– C'est l'autographe de... SIDNEY CROSBY!

– Ben oui...

– Je te jure que c'est vrai. Hein, Ge?

Elle a hoché la tête, mais Jules n'a même pas tourné les yeux vers elle. Alors j'ai dû préciser:

– Tu sais la maison en pierre, au bout de la rue, avec l'immense terrain, la petite clôture et le gros chien qui jappe toujours?

Même s'il ne me regardait pas, je savais qu'il voulait connaître la suite.

– Paraît que c'est la maison de la vieille tante de Sidney Crosby! Elle habitait en Nouvelle-Écosse, avant.

Comme Crosby. Imagine! Il est venu la visiter aujourd'hui et j'ai réussi à avoir sa signa... Jules, m'écoutes-tu?

Mon frère était en conversation avec 74 de ses amis sur MSN, je ne l'intéressais pas tellement.

– Je peux te la donner, la signature, si tu veux!

– Non. C'est beau, Laurence. Garde-la...

– Es-tu certain?

– ...

– Ça vaut très, très cher.

Il tapait sur le clavier sans m'écouter du tout.

– JULEEEES!

– Quoi encore?

Il a mis ses 74 amis en attente quelques secondes...

– Laurence, penses-tu que je vais croire que Sidney Crosby est passé dans le quartier pour visiter sa vieille tante?

– Je te jure que c'est la vérité.

Il a plongé ses yeux dans les miens pour me demander avec sérieux:

– As-tu pris une photo? L'as-tu filmé? As-tu la preuve que c'était bien lui?

– J'ai sa signature!

Le téléphone a sonné et Jules nous a clairement fait comprendre que notre présence n'était plus requise dans sa chambre. Ce n'était pas la peine d'insister. Ni de nous regarder avec ces yeux-là! Encore moins de verrouiller la porte derrière nous pour ne pas qu'on revienne et de préciser qu'il ne voulait plus être dérangé pour des niaiseries.

– Si ton frère est un grand admirateur de Sidney Crosby, imagine la réaction des autres… a soupiré Geneviève.

Ce n'était pas un très bon début. Rien pour remonter le moral de Geneviève, en tout cas.

– Personne ne va nous croire, Laurence. Jamais!

Elle a répété le mot «jamais» une bonne dizaine de fois.

Il fallait trouver quelqu'un d'autre pour que le test soit valable. La première personne à se pointer dans le salon ferait parfaitement l'affaire.

Je me suis ruée vers lui.

– Papa? Est-ce que tu connais Sidney Crosby?

– Qui ne connaît pas Sidney Crosby, Laurence?

– J'ai eu sa signature cet après-midi ! Regarde !

Il a d'abord jeté un œil intéressé sur l'emballage de la Caramilk, puis il me l'a redonné rapidement sans commenter.

– Est-ce que tu penses que ça vaut cher, papa ?

– Tu veux dire si tu réussissais à avoir la vraie signature de Crosby, un jour ?

Il est sorti. On s'est écroulées toutes les deux sur le sofa.

– Tant pis... a soupiré Ge.

Je n'aime pas quand Geneviève dit « tant pis ». De nous deux, c'est toujours la plus optimiste, alors quand elle déprime, je comprends que c'est vraiment sans espoir. Et je déprime aussi.

Évidemment, je savais que ma mère pourrait témoigner. C'est elle qui nous avait annoncé que Sidney Crosby était dans le quartier. Mais placer le témoignage de sa mère sur eBay à côté de quelques gribouillis, est-ce vraiment crédible ? Est-ce que ça augmente la valeur d'une vente ?

Pas sûre...

Après un petit quart d'heure de jérémiades et de longs soupirs de découragement, Geneviève a rebondi la première !

– J'ai une idée, Laurence ! Une idée géniale !

Je m'attendais à tout.

– On va refaire la signature !

– Tu veux qu'on parte à la recherche de Crosby ?

L'idée de Geneviève était encore pire.

– NON ! Nous, on va la refaire !

29

Je ne saisissais pas.

– On va apporter de petites correc-tions à sa signature pour qu'elle soit plus lisible.

– Tu veux la trafiquer ?

– L'améliorer, c'est tout. Ensuite on va pouvoir la vendre. On pourrait même en faire plusieurs en les photocopiant ! On verra… C'est certain qu'une photocopie c'est un peu moins payant…

– Voyons, Ge ! On va quand même pas faire le commerce de fausses signatures de joueurs de hockey ! C'est de la fraude !

– Si on possède la signature originale, c'est pas de la fraude ! Est-ce que Crosby t'a donné sa signature, oui ou non ?

– Oui.

– Est-ce que tu l'as rencontré pour vrai ?

– Oui, mais....

– Tout est réglementaire, alors ! C'est pas de notre faute si Crosby a des problèmes pour former ses lettres. C'est pas de sa faute non plus, le pauvre, il ne peut pas être bon dans tout !

– C'est pas légal, Ge. On peut pas tromper les gens comme ça en leur vendant une signature trafiquée !

Elle avait l'air découragée.

– Laurence... quand les stars améliorent leur look avec Photoshop pour nous faire croire qu'elles sont plus belles, plus jeunes, moins grosses, est-ce que tu trouves que c'est illégal ?

– C'est différent.

– C'est pire !

Je ne sais pas comment elle fait, mais Geneviève trouve toujours de bons arguments pour me convaincre.

– C'est certain qu'une espèce de griffonnage illisible écrit sur un vieux papier de Caramilk, ça vaut pas très cher… j'ai marmonné.

– Sors une pile de feuilles, Laurence! On va se mettre au travail!

Assise à la table, je regardais Geneviève améliorer la signature de Sidney Crosby en plongeant mes biscuits Oreo dans mon verre de lait. Je ne l'avais jamais vue aussi concentrée. Geneviève affirmait que ce n'était pas facile d'écrire mal mais de façon lisible, tout en donnant l'impression que la signature avait été faite rapidement et sans réfléchir mais en s'appliquant un peu quand même.

Vous essaierez.

Vous essaierez de comprendre ce qu'elle voulait dire, aussi.

Après plusieurs tentatives, elle a fini par obtenir un bon résultat en calquant la vraie signature de Crosby et en arrondissant seulement quelques lettres. Ce qui, honnêtement, prouvait qu'on avait bel et bien rencontré l'idole de hockey. Tout était parfait. Elle respectait l'ancienne écriture. Je trouvais que c'était légal et respectueux. On y croyait. J'y croyais, moi.

Et je suis certaine que vous y auriez cru aussi, si je ne vous avais pas tout raconté depuis le début.

Malheureusement, alors qu'on était si près du but, le pire est arrivé. Et le pire, ce soir-là, s'appelait Jules Vaillancourt.

On aurait dû se méfier. Se cacher dans ma chambre. Verrouiller la porte. Les fausssaires n'opèrent sûrement pas sur la table de la salle à manger, à la vue de leur grand frère.

Jules a regardé la trentaine de feuilles noircies de fausses signatures de Crosby. J'ai vite ramassé pêle-mêle les brouillons en bafouillant:

– C'est vraiment pas ce que tu penses, Jules!

– On a rencontré Crosby, cet après-midi, a renchéri Geneviève.

J'ai un peu sursauté.

– Ben là... Ge!

– Quoi?

– Tu l'as pas vu, toi, Crosby.

– Presque...

Mon frère est intervenu.

– Si je comprends bien, les filles, vous passez votre soirée à inventer des signatures de joueurs de hockey?

– Pas toute la soirée! a répliqué Ge.

– JE l'ai vu, MOI, Crosby! j'ai hurlé. Je lui ai même touché!

Mon frère avait son petit sourire qui m'enrage tant. J'ai levé le ton:

– Tu demanderas à maman, si tu ne me crois pas, Jules Vaillancourt!

– Qu'est-ce que maman vient faire dans ton histoire?

– C'est elle qui nous a dit d'aller voir Crosby au bout de la rue ! Elle te cherchait partout. Elle a même téléphoné chez Nathan pour te dire de venir.

– C'est vrai… Nath m'a dit qu'elle me cherchait…

Je lui avais cloué le bec. Victoire ! Un à zéro ! Talam ! L'évènement du siècle ! Je ne cloue pas le bec des gens souvent, moi. Mais quand je cloue, c'est du solide !

Quand je cloue, je cloue !

Mon frère a ouvert le frigo, il a saisi le litre de jus d'orange et il s'est dirigé vers sa chambre en le vidant sans prendre de verre et sans rien dire.

Il savourait son jus. Je savourais ma victoire.

Finalement, on a décidé de faire un dernier essai avec Gamache le lendemain matin à l'école...

On a intercepté Guillaume dans le corridor. On ne lui a même pas laissé le temps d'enlever son manteau. Je lui ai seulement dit:

– J'ai la signature de Sidney Crosby!

– Crosbyyyy? Le vrai de vrai Crosbyyyy? a crié la grande Marie-Michelle, qui se tenait derrière Gamache.

Max Beaulieu avait l'air tout excité lui aussi.

Cette fois, on s'approchait de ce qui ressemblait à un succès. J'ai tendu à Gamache la fausse signature tracée sur une belle feuille blanche par Geneviève. Et on a attendu sa réaction.

Un bon petit moment.

– C'est génial, hein ?

– …

Comme il restait muet et plutôt sans expression, je n'ai pas eu le choix de lui donner quelques explications.

– J'ai rencontré Crosby dans le quartier, hier après-midi. Tu sais, la maison en pierre, au bout de ma rue, avec l'immense terrain, la petite clôture et le gros chien qui jappe toujours ?

– …

– Paraît que c'est la maison de la vieille tante de Sidney Crosby ! Elle habitait en Nouvelle-Écosse, avant. Comme Crosby. Imagine ! Il est venu la visiter hier et j'ai réussi à avoir sa signa… Guillaume, m'écoutes-tu ?

– Désolé, Laurence, mais c'est pas la signature de Crosby.

– Pourquoi tu dis ça ?

– C'est pas son écriture !

– Qu'est-ce que t'en sais ? s'est empressée de demander Ge.

– J'ai la signature de Sidney Crosby sur mon bâton de hockey.

Il a ouvert son casier. Il avait la preuve ! Il a sorti son bâton signé par Crosby et l'a mis sous le nez de Geneviève.

– Rien à voir avec votre signature.

Par contre, c'était exactement la même que sur mon emballage de Caramilk...

Misère !

– Franchement ! a fait Max en jetant un œil sur notre feuille puis sur le bâton puis sur la feuille et encore sur le bâton. Faudrait vraiment être naïf pour croire que c'est la signature de Crosby.

Il fallait jouer le jeu. Ne pas réagir. Ne pas tomber dans le piège. Ne rien laisser paraître. Rester fortes.

Mais notre grand spécialiste en produits dérivés de Crosby a ajouté pour enfoncer le clou:

– On dirait un petit enfant de quatre ans qui a essayé d'imiter la signature de Crosby.

Geneviève était furieuse.

– Heillllle, Guillaume Gamache! Peut-être qu'il écrit pas toujours de la même façon, ton Crosby! Peut-être qu'il s'est appliqué, pour une fois! Monsieur Lépine te fait souvent recommencer ton devoir quand tu écris tout croche, toi!

Je lui ai fait signe de se calmer. Mais Guillaume a rajouté de l'huile sur le feu...

– Je suis certain que c'est un faux. Vous l'avez eu comment?

On n'a pas donné de détails.

– Sur Internet ?

On ne savait pas trop quoi répondre.

– L'avez-vous acheté ?

On regardait ailleurs.

J'ai repris la feuille des mains de Gamache, je l'ai pliée rapidement et je l'ai enfoncée dans ma poche sans rien ajouter.

– Ok, a fait Gamache, décidé. On va retrouver l'escroc qui vous l'a refilé. As-tu encore l'adresse du site ? Qui vous a donné cette fausse signature-là, Laurence ?

– Le vrai Crosby.

– C'était sûrement un faux Crosby ! a affirmé Gamache.

J'ai regardé Geneviève et j'ai chuchoté :

– Penses-tu que c'est mieux d'avoir une vraie signature d'un faux Crosby ou une fausse signature du vrai?

– Je sais pas trop.

– C'est vraiment dommage, les fiiiilles! a soupiré la grande Marie-Michelle, qui était toujours plantée derrière nous. Mon père aurait donné une fortune pour avoir la signature de Crosby!

– Une fortune? a répété Geneviève.

Et ce soir-là, pendant que j'essayais encore de terminer la fameuse sous-question a) du numéro 1 de la première feuille de mon horrible devoir de math de la veille, mon amie Geneviève vidait le bac de récupération, la poubelle et toutes les corbeilles à papier, en bougonnant...

– Voyons, Laurence! C'est impossible qu'on retrouve pas la vraie signature!

– Ma mère l'a sûrement ramassée, Ge. On l'a perdue…

– J'ai une idée ! On achète une Caramilk, on imite parfaitement la signature de Crosby à l'endos du papier et on la vend !

– Oublie ça.

Geneviève a ouvert son livre de math en boudant et finalement, selon les savants calculs et la logique de ma meilleure amie, les passagers du train rentreront chez eux dans 2 ans, 6 mois et 8 semaines virgule 9. Ce qui est carrément impossible.

Et selon ma logique à moi, nos chances de revoir Sidney Crosby dans le quartier sont à peu près nulles.

YO

« Nous voilà maintenant dans le sous-sol chez Mo, réunis autour de sa batterie. Ses parents sont partis. Ils nous ont fait promettre d'être sages. D'un bloc, on a…
"Promis, juré, craché !"

Mais on n'a pas vraiment craché. »

Maintenant, on est trois. Un trio, quoi. Quand on fait de la musique, on s'appelle les KaillouX. Et depuis qu'on s'appelle comme ça, on se promène avec la tête rasée.

Trois cailloux à casquettes!

Nos parents et l'école ont eu de la misère à avaler ça, mais ils n'ont pas trop rouspété. C'est qu'on s'était donné un style pour le concours des Jeunes Talents. N'empêche... j'ai l'impression que les adultes n'arrivent pas à digérer complètement nos trois cocos qui circulent un peu partout dans le quartier...

Tant pis pour eux !

Les KaillouX, c'est Rémi, Maurice et moi… Yohann. Entre nous, c'est Ré, Mo et Yo. On est des amis. Ré et moi, on est en sixième et on se connaît depuis qu'on est petits. Mo, lui, il est en quatrième. On l'a connu seulement cette année.

Méchant Maurice !

Le problème avec lui, c'est qu'il me ressemble trop. Le matin, avant l'école, quand je le vois apparaître, on dirait que c'est moi qui s'en viens, mais en plus petit…

En plus paquet de nerfs, aussi.

Je suis sûr qu'il essaie de m'imiter. Il marche en sautillant, comme s'il avait des *springs* dans les pieds. Il s'habille avec de grands pantalons, la fourche aux genoux. Pour finir, il porte

48

une casquette bleue des Nordiques de Québec avec la palette de côté. Il le fait exprès, j'en suis certain.

Un matin, je me suis tanné. J'ai pris la casquette de mon père, une grosse rouge des Canadiens de Montréal, puis je l'ai enfoncée sur ma tête avec la palette droit par en avant. Quand j'ai vu apparaître Mo, il portait la sienne de la même façon...

« Le p'tit batince ! »

Aux récréations, j'ai viré ma casquette dans un sens, puis dans l'autre. Rien à faire, celle de Mo suivait le mouvement. En revenant de l'école, exaspéré, je l'ai enfouie dans ma poche. Il a fait pareil...

Tous les deux, on avait la peau du crâne rougie.

Ré, lui, riait. Moi, ça m'énervait. Ce jour-là, tous les trois, on a décidé d'arrêter de se raser la tête... mais on continuerait à s'appeler les KaillouX quand même... pour faire de la musique.

Après tout, trois cailloux avec des cheveux et une casquette par-dessus, ça reste trois cailloux... et c'est pas mal moins compliqué d'entretien. En plus, ça rassure les adultes. De toute façon, avec un nom pareil, on forme un trio indestructible et ça, justement, c'est un peu grâce à Mo...

Mo, c'est un super bon batteur !

Sans lui, les KaillouX, eh bien, ce serait un duo banal, avec juste un chanteur, Ré, et un guitariste, moi. Ça manquerait de *beat*. Et Mo, il en a à revendre, du *beat*. Il passe son temps à taper sur tout ce qu'il trouve pour voir comment ça sonne... pour essayer des rythmes.

C'est incroyable, ce qu'il est capable de faire sur un bac à vidanges !

Ce matin, pour rire, on en a rassemblé cinq autour de lui. Deux verts et trois bleus. C'était congé d'école. Une pédago. On s'était donné rendez-vous au parc, pas loin de chez Mo.

Tout de suite, le paquet de nerfs s'est mis à taper sur les couvercles des bacs... sur les côtés... partout. Au début, avec un rythme simple, comme pour explorer cette drôle de batterie. Puis, il s'est arrêté et nous a demandé de transvider des déchets d'un bac à l'autre.

– Pour quoi faire ? s'est étonné Ré.

– Pour que ça sonne mieux, a répondu Mo.

Pour les bleus, ce n'était pas trop dégoûtant à faire, mais pour les verts, Ré et moi, on a invité Mo à exécuter l'opération lui-même. Pas de problème : le « p'tit batince » en a soulevé un au bout de ses bras, puis il a fait glisser une grosse quantité de cochonneries écœurantes dans l'autre bac...

Puis il a recommencé à piocher de plus belle. De plus en plus fort, aussi... et avec un entrain qui allait crescendo. C'était fascinant. Ré et moi, on n'en revenait pas. Peu à peu, sans qu'on s'en rende compte, des passants se sont approchés, attirés par ce bruit de tam-tam d'Afrique. Bientôt, autour de nous, une vingtaine de badauds tapaient dans leurs mains pour encourager Mo... qui en rajoutait. Une vraie machine... à gauche, à droite... en haut, en bas... il était étourdissant !

Puis, peu à peu, il a ralenti le tempo. Du coup, Ré et moi, on s'est regardés, stupéfaits. Mo était en train de faire le *beat* de notre premier morceau, *Nothing else matters* de Metallica... la chanson qu'on avait traduite... et avec laquelle on avait gagné le concours des Jeunes Talents de l'école[1].

Spontanément, Ré s'est mis à fredonner nos paroles en français :

Nous autres on vit... au bord de l'eau
On r'gard' passer... les gros bateaux
On les trouv' beaux... et on les compte
Rien d'autre ne compte

Dans le parc, les gens ont tout de suite cessé de taper des mains. Ils se sont mis à écouter, pendant que Mo, derrière Ré, scandait sur les bacs :

---

1. Voir *Méchant Maurice!*

Il y a aussi… de gros nuages
Et mêm' parfois… de gros orages
Pas de problème… nous on affronte
Rien d'autre ne compte

La voix de Ré, frêle et fragile, poursuivait la chanson. Moi, j'aurais donné ma casquette pour avoir ma guitare.

Autour de nous… c'pas toujours beau
C'est plein d'déchets… qui flottent dans l'eau
Ça nous rend fous… comprenez-nous
Nous autres, les KaillouX !

Puis, soudain, Ré s'est mis à hurler en même temps que Mo à piocher :

C'est certain… qu'on peut rien faire…
Beding-beding, beding-bedang !

C'est certain… c't'à vous la Terre…
Beding-beding, beding-bedang !

Mo se démenait tellement que sa casquette des Nordiques est tombée par terre pendant que Ré, les yeux fermés, gueulait les dernières paroles:

Nous autres… on peut que s'taire…
Beding-beding, beding-bedang!

C'est le silence… not' seule prière…
Beding-beding, beding-bedang!

Les KaillouX…

Et la chanson s'est arrêtée là, parce que moi, je n'avais pas ma guitare pour faire les derniers accords. Pendant quelques secondes, le silence s'est installé. Il y avait seulement la brise dans les feuilles. Ou les feuilles dans la brise, je ne sais plus. On n'entendait même plus les automobiles… qui passaient pourtant.

Au bout d'un moment, timidement, une dame s'est mise à applaudir. Les autres ont suivi discrètement. Puis, la dame a jeté une pièce dans la casquette de Mo, qui était tombée par terre. Quelques-uns l'ont imitée. Enfin, sans un mot, tous se sont dispersés pour aller je ne sais où...

Puis les bruits ambiants du quartier nous sont retombés dessus.

On était là, trois KaillouX et cinq bacs de vidanges plantés au bord d'un petit parc... immobiles et comme abandonnés.

Mo a commencé à faire rouler les bacs pour les remettre à leur place, devant les maisons. Ré et moi, on s'est regardés.

À cet instant précis, j'en suis sûr, on a eu la même idée...

Nous voilà maintenant dans le sous-sol chez Mo, réunis autour de sa batterie. Ses parents sont partis. Ils nous ont fait promettre d'être sages. D'un bloc, on a... « Promis, juré, craché ! »

Mais on n'a pas vraiment craché.

– *Yesss !* je me suis écrié au moment où les parents de Mo quittaient la maison, on va avoir la pédago au complet pour répéter tranquilles !

– On commence quand ? demande Ré.

– Samedi prochain, je lui réponds sans hésiter.

– Allons ! Yo ! Tu capotes ou quoi ? On connaît rien qu'une chanson.

– Pas grave, je rétorque. On a juste à...

Pendant qu'on discute, Mo s'installe sur le petit banc derrière sa batterie. Tout de suite, il commence à faire sautiller sa *hit-hat* d'un pied et à faire résonner sa grosse caisse de l'autre. Ré et moi, on ne s'en occupe pas. C'est rien qu'un petit de quatrième année, après tout. Sérieux, on poursuit notre conversation :

– T'as-tu vu ça, Ré, tantôt, dans le parc ? Les gens ont aimé ça ! En plus, on a ramassé quasiment cinq piasses dans la casquette de Mo.

– Oui, mais comment on va faire avec une seule chanson ? me crie Ré, par-dessus le vacarme de la batterie.

Sourd à tout, Mo s'est emparé de deux baguettes jaunes, rongées comme des gros crayons d'école, et s'est mis à taper sur la petite caisse et sur les cymbales. Il mène un train d'enfer. On a du mal à s'entendre parler. On doit hurler :

– **C'est simple**, je fais en direction de Ré. **Samedi prochain, on a juste à refaire la même chose que tantôt.**

– **Avec des bacs à vidanges?** gueule Ré.

– **Pourquoi pas?** Mo tape sur les bacs pour attirer le monde... puis quand la foule est rassemblée, on fait notre chanson de Metallica. À la fin, on salue en jetant nos casquettes par terre. Les gens vont tirer leur argent dedans et...

– **Et après?** vocifère Ré.

À l'instant même, Mo cesse de piocher sur sa batterie et je hurle ma réponse :

– **Ben, après,** je beugle de toutes mes forces, **ON S'EN VA!**

Pendant quelques secondes, le silence est total dans le sous-sol. Ré est abasourdi par mon hurlement. C'est alors que Mo, très calme, nous lance, comme ça, innocemment :

– Hé! Les gars! J'ai une idée! Samedi prochain, on pourrait faire comme tantôt! J'attire le monde avec un solo de *drum*... après, on fait notre chanson de Metallica... à la fin, on passe la casquette et on s'en va... Qu'est-ce que vous en pensez?

«Le p'tit batince! C'est mon idée!»

Ré n'en revient pas. Moi non plus, d'ailleurs... mais je suis content.

– Moi, Mo, je trouve qu'elle est super, «ton» idée! je dis.

– Mais... mais... balbutie Ré. Comment on va faire? Mo va quand même pas jouer sur des bacs à vidanges.

– À trois, mon *drum*, il est facile à transporter, intervient Mo. Et puis, le parc, il est pas loin... juste au bout de la rue.

Et je m'empresse d'ajouter:

– Pour ma guitare, j'ai un étui que je peux porter comme un sac à dos. Ça va marcher, j'suis sûr.

Ré ne sait plus où donner de la tête.

– Oui, mais on connaît rien qu'une chanson. On va pas aller loin avec ça.

– Pas de problème, réplique aussitôt Mo. Dans le vieux meuble, là-bas, il y a tout le répertoire des Extravagants. Des chansons faciles… avec seulement trois ou quatre accords. J'suis sûr que les paroles sont niaiseuses à apprendre.

– Les Extravagants ? répète Ré.

– Rappelle-toi, c'est le groupe yé-yé du grand-père de Mo… dans les années 1960. Regarde, c'est eux autres.

Pendant que Mo se dirige vers le meuble, j'attire l'attention de Ré sur une vieille photo délavée, épinglée au mur. Dessus, on voit trois gars jaunis, en habit mauve, avec des dentelles au col et aux poignets. Chacun porte des pantalons serrés à pattes d'éléphant. Leurs cheveux lisses sont noirs et luisants… comme des vampires. Sur la grosse caisse, on peut lire : *Les Extravagants.*

– Lui, j'ajoute en pointant le batteur, le grand maigre avec un sourire de dentier, c'est le grand-père de Mo… il est mort… et ça, c'est notre batterie… encore vivante !

Ré n'est pas rassuré :

– Du yé-yé, c'est quoi, ça ?

Là, je ne sais pas. Mo nous crie :

– Tout est là ! Venez voir ! Les feuilles de musique… les 33 tours… tout !

– Les 33 tours ? s'étonne Ré.

– Oui, explique Mo. Des disques de l'ancien temps.

Et il nous en refile un des Classels. Sur la pochette en carton, cinq gars avec les cheveux blancs sont alignés par ordre de grandeur. Le premier en avant, c'est un petit gros, très joufflu. Son collet m'a l'air trop serré.

– Tu parles comme c'est grand, un 33 tours! s'exclame Ré quand je sors le disque noir de la pochette.

Moi, par contre, je ne suis pas surpris. Ma grand-mère Donalda m'en a déjà fait jouer un sur son vieux tourne-disque. C'était les Black Iron Snakes, un groupe *heavy metal* que j'ai failli aller voir au Colisée Pepsi[2].

– En tout cas, ajoute Ré, ne me demandez pas de me déguiser comme eux autres, han! Les perruques, moi, j'veux rien savoir.

– C'était pas des perruques, intervient Mo. Ils se teignaient les cheveux. Regarde... Les Excentriques... c'est encore pire!

_____

2. Voir *Le rêve de ma vie*.

Sur la pochette se déploient en étoile cinq gars tout en rose, avec les cheveux comme de la barbe à papa, mais mouillée et collée sur la tête.

– Leur gros succès, nous apprend Mo, c'était *Fume, fume, fume*.

– Ils devaient pas avoir les poumons roses, fait remarquer Ré, qui commence à s'amuser. Il y en a d'autres, des clowns comme ça ?

– Ils sont presque tous là ! poursuit Mo. Tiens, v'là César et les Romains… en minijupe !

– Des gars en jupe !

Là, c'est moi qui suis surpris. Les chanteurs sont habillés comme les Romains dans *Astérix*.

– C'était quoi, leur *hit*, eux autres ? veut savoir Ré, qui n'en croit pas ses yeux.

Pour lui répondre, Mo se met à chanter :

> *Splish ! Splash !*
> *Tout en prenant mon bain...*
> *Vers neuf heures, le samedi soir...*

– Ben, voyons donc ! lance Ré.

Cela n'empêche pas Mo de poursuivre, implacable :

> *Splish ! Splash !*
> *Je me sentais si bien...*
> *J'avais vidé le réservoir...*

Ré et moi, on n'en revient pas. Une chanson comique !

– On peut la faire jouer sur le *pick-up*, là-bas, propose Mo en désignant un autre gros meuble abandonné sous l'escalier du sous-sol.

– Le *pick-up* ? s'étonne encore Ré. Un camion ?

Moi, je reconnais tout de suite l'objet.

– C'est un tourne-disque! j'explique à Ré. C'est avec ça que Do m'a fait jouer ses Black Iron Snakes. C'est fou, le son qui peut sortir d'une antiquité pareille. Ça marche encore?

– Oui, dit Mo, mais il va falloir le transporter là-bas pour le brancher.

– C'est gros comme une commode de chambre à coucher! constate Ré. Ça va prendre des déménageurs!

– Une rallonge électrique, peut-être? je suggère simplement.

– J'suis sûr qu'on a ça quelque part, répond Mo.

La vieille commode est enfin branchée.

Mo ouvre le gros tiroir du milieu. Dedans, un mécanisme compliqué apparaît, avec deux petits bras et une tige plantée au centre d'une grande plaque ronde en caoutchouc. Mo plonge la tête dans le tiroir afin de mettre la machine à *on*. Au bout de quelques secondes, la commode s'allume. Ensuite, Mo enfile un disque sur la tige. Puis, il ajuste une petite manette sur le chiffre 33...

Le disque se met à tourner lentement.

– J'ai mis les Bel-Canto, nous annonce-t-il.

– De quoi ils ont l'air, ceux-là ? demande Ré, qui s'attend à n'importe quoi.

– Leurs cheveux sont d'une couleur normale... sauf qu'ils sont gonflés à l'hélium, on dirait. Ça leur fait des grosses têtes enflées... r'gardez.

Pendant que Ré examine la pochette, Mo replonge dans le tiroir du gros *pick-up* et met la roulette du volume à 2 sur 10. Enfin, il saisit un petit bras et dépose délicatement l'aiguille, au bout, sur le bord du disque noir, qui tourne toujours. Aussitôt, un fort grésillement se fait entendre à travers le tissu poussiéreux qui tapisse le devant de la commode.

– C'est quoi, ça? s'inquiète Ré, en levant la tête. On dirait du *bacon*…

Mais il est interrompu par les voix des Bel-Canto qui retentissent dans le sous-sol:

Wah! Wah! Wah!
Découragé, je suis au désespoir…

Ré me regarde, hébété. Découragé, il semble au désespoir lui aussi. Il me crie quelque chose que je ne comprends pas.

– **Quoi?** je hurle pour enterrer les Bel-Canto, qui poursuivent sans s'occuper de nous:

Tu es fâchée… tu ne veux plus me voir…

– J'entends rien! je beugle. **Parle plus fort!**

Puis je lance en direction de Mo:

– **Baisse ça, Mo!** On va réveiller les morts!

Vite, il réduit le volume à 1.

Puis il court vers l'autre meuble, celui qui contient les disques. Il revient en courant avec des feuilles.

– C'est les paroles de *Découragé*... avec les accords ! nous annonce-t-il fièrement. Tiens, voilà les paroles pour toi, Ré. Et les accords pour toi, Yo. Les Extravagants, ils travaillaient juste avec des feuilles comme ça.

Aussitôt, il bondit derrière sa batterie et commence à battre la mesure en même temps que les Bel-Canto dans le *pick-up*.

Que dois-je faire... pour me faire pardonner...
Yé !... Yé !...
Car j'ai souffert... et tu dois oublier...
Yé !... Yé !... Yé !

« Le p'tit batince ! » Il a déjà trouvé le *beat* ! Moi, je regarde les accords au-dessus des paroles : *C, D, G, E*... je les connais tous… sauf le B^b et le $F^\#$. Madame Élyse, mon prof de guitare, va m'aider, j'en suis certain.

Pendant ce temps, Ré s'est mis à chantonner avec les Bel-Canto :

Je t'ai blessée pourtant sans le savoir…
Pour m'excuser, je voudrais te revoir…
Wah! Wah! Wah!

Emporté par le rythme, j'enfile ma guitare et je tente de plaquer les accords au bon moment, sur les bonnes paroles. C'est laborieux, mais ça marche à peu près. Dans la commode, les Bel-Canto de 1965 continuent à chanter sans ralentir le rythme, comme si on n'existait pas, nous autres, trois «p'tits culs» réunis dans un sous-sol, un demi-siècle plus tard. Du mieux qu'on peut, on essaie de les imiter. Déjà arrive la fin de la chanson, qui nous surprend. On la rate complètement.

71

– Wow! je m'exclame. La finale est spéciale! Il va falloir répéter pas mal si on veut être prêts samedi.

Samedi.

On est chanceux. Les parents de Mo sont toujours d'accord pour que Ré et moi, on garde leur fils. Cette fois-ci, ils ont même décidé de nous payer un peu... si on est sages!

– Promis, juré, craché! on a encore fait, en chœur.

Une fois les parents partis, on a dit à Mo qu'on allait partager l'argent avec lui.

C'est le grand jour et tout s'annonce bien.

Toute la semaine, après l'école, on a répété *Découragé* des Bel-Canto. Avec les feuilles des Extravagants et le vieux *pick-up*, on arrive à faire la chanson au complet sans se tromper. Les accords que je ne connaissais pas, c'étaient des barrés. Madame Élyse me les a montrés et m'a suggéré de les faire seulement sur les trois plus petites cordes. Ça marche!

Le disque en vinyle a tellement tourné qu'on entend davantage le *bacon* que les chanteurs. Une fois, il a même fallu éteindre le tourne-disque parce qu'il surchauffait. Ça sentait le caoutchouc brûlé.

Hier, pour la première fois, on a réussi toute la *toune* sans les feuilles... et sans les Bel-Canto qui chantent en arrière. Finalement, ce vieux *hit* québécois, il est *super le fun* à faire. On est vraiment fiers.

Et du même coup, le répertoire des KaillouX a doublé!

10 heures.

Après l'avoir démontée, on a transporté la batterie de Mo dans le garage de ses parents. Avec précaution, on a empilé les plus petits morceaux dans une brouette que Mo va pousser. Ré, lui, va s'occuper de la grosse caisse, qu'on a fixée avec des élastiques à crochets sur une planche à roulettes. Et moi, en plus de ma guitare sur mon dos, je vais prendre, une dans chaque main, les deux cymbales avec leur pied, parce qu'on n'est pas arrivés à les dévisser... trop rouillées!

On est vraiment nerveux. Mo, lui, a l'air calme. On dirait qu'il a déjà fait ça cent fois. Il approche sa main d'un gros interrupteur. Il appuie. Aussitôt, un petit moteur entraîne la porte du garage vers le haut. Dans l'ouverture, lentement, apparaît une rue droite... qui aboutit directement sur notre parc, là-bas, au loin. Mon cœur se débat comme il peut dans ma poitrine. Soudain, dans le haut du grand rectangle qui achève de s'agrandir devant nous... le soleil !

Le trio des KaillouX est du coup éclaboussé de lumière, comme par un projecteur dans une salle de spectacle.

J'ai l'impression de me trouver déjà sur scène.

Mo s'installe derrière la brouette et Ré, derrière la grosse caisse arrimée à la planche à roulettes. Moi, les bras en croix, je soulève les deux cymbales et m'apprête à faire les premiers pas vers ce qui pourrait bien être tout un calvaire. Je jette un œil du côté de Mo, qui a l'air excité à l'idée de jouer en public. Ré, par contre, donne plutôt l'impression d'être en train de réviser ses paroles :

Découragé, je suis au désespoir…

Heureusement, à l'instant précis où nous franchissons le seuil du garage avec tout notre attirail, une pensée réjouissante me vient :

« Si on nous prenait en photo, juste là, comme ça, ça ferait une super pochette de CD, pas mal plus originale que celles du temps des disques en vinyle ! On pourrait appeler ça *Les KaillouX… Première sortie !* »

À cette idée, une fierté m'envahit le cœur et je fais un clin d'œil à Ré, qui semble rendu à :

Car j'ai souffert… et tu dois oublier…
Yé !… Yé !… Yé !

Pauvre lui !

76

Pauvres nous!

Avec une petite manette, Mo a re-fermé la porte du garage derrière nous.

On est dans la rue… et partis pour la gloire…

Ou la honte.

Une cymbale étincelante de soleil de chaque côté de la tête, j'ouvre la marche sur le trottoir. Déjà, j'ai les bras morts. À tous les 50 mètres, je dois déposer mon fardeau pour faire une halte. Derrière moi, la brouette et la planche à roulettes s'immobilisent pour une courte station. Je commence à avoir peur de ce qui nous attend au bout de cette rue.

Après une petite pause, je soulève à nouveau les cymbales et notre défilé se remet péniblement en branle.

La quincaillerie bringuebalante dans la brouette de Mo reprend sa cacophonie... et la grosse caisse de Ré gronde sourdement aux cahots que subit la planche à roulettes.

Pas mal nombreux, les promeneurs du samedi se retournent au passage de notre étrange cortège. Attelés comme ça, pas surprenant qu'on attire l'attention. Mais c'est ça qu'on voulait, non ? Heureusement, on arrive au parc. Plus qu'une centaine de mètres. Tout à coup, une « gang de p'tits mottés » de deuxième année surgissent d'une ruelle et se joignent à nous en criant comme des mouettes...

Ils sont chanceux que j'aie les bras occupés !

Soudain, il y en a un qui décide de s'amuser à taper sur mes cymbales... et un autre, sur la grosse caisse de Ré. J'ai à peine le temps de serrer les dents, Mo lâche sa brouette, qui se renverse sur le côté. Malgré cela, il se met à la poursuite des « p'tits morveux », qui détalent comme des lapins et disparaissent dans leur ruelle. Impuissant, je vois une des baguettes de la batterie en train de rouler vers une bouche d'égout.

– La baguette ! je crie.

Ré lâche alors sa grosse caisse, qui se met à osciller, en équilibre sur deux roulettes. Elle va se défoncer sur la borne-fontaine !

Je bondis pour éviter la catastrophe et je m'accroche un pied dans celui d'une cymbale, qui bascule dans un fracas d'enfer. J'arrive tout de même à temps pour arrêter la grosse caisse mais, sous le choc, la cymbale s'est détachée de son pied et roule en vibrant dans la rue...

Un camion arrive!

Surgissant de la ruelle, Mo court devant et attrape la cymbale. Le chauffeur freine. Crissement de pneus. Ouf! Le «p'tit batince» a été plus rapide. Sain et sauf sur l'autre trottoir, il brandit fièrement la cymbale, pendant que moi, le cœur battant, j'achève de redresser la grosse caisse sur la planche à roulettes. Ré, lui, se relève avec la baguette qu'il a sauvée des égouts. On ne se sent pas bien du tout. Mo, lui, de l'autre côté de la rue, saute de joie. Le camion s'est arrêté un peu plus loin. Le chauffeur est descendu et se dirige vers lui. Ré et moi, on a envie de s'enfuir. Mais on ne peut pas. Il faudrait abandonner Mo avec toute sa batterie…

«*Nous on affronte*», dit notre chanson. Avant tout, on est des KaillouX…. et des KaillouX, ça se tient!

L'homme est un géant et se dirige droit vers Mo, qui me semble de plus en plus minuscule. Le colosse va l'écrabouiller, c'est certain. J'ai envie de crier à Mo d'utiliser sa cymbale comme bouclier. Mais non, il dépose plutôt son arme par terre et ouvre les bras. Le chauffeur se penche et soulève le gamin dans les airs. Mo va faire un vol plané, c'est certain! Non encore. Mo rigole comme un fou pendant que l'homme le fait tournoyer au-dessus de sa tête... puis le serre enfin dans ses bras.

Ré et moi, on ne bouge toujours pas...

Deux cailloux!

Là-bas, Mo est assis sur un des bras du géant. De sa main libre, l'homme ramasse la cymbale, puis rappelle à Mo qu'il faut toujours regarder des deux côtés avant de traverser une rue. Et ils traversent pour nous rejoindre. Ré et moi, on n'est pas gros dans nos grandes culottes. Heureusement, l'homme est souriant et on lui répond en étirant les lèvres du mieux qu'on peut. Enfin, il dépose Mo à nos côtés et, en se relevant, plonge sa tête dans le ciel. Il est plus grand qu'Omer Chiasson des Îles-de-la-Madeleine, l'ancien amoureux de ma grand-mère Donalda! Tu parles! Sur sa tête aux cheveux blancs, il porte une casquette des Nordiques… comme Mo! Ça me rassure un peu.

– C'est mon oncle Marcel, nous annonce Mo avec fierté.

– Bonjour! on fait poliment.

– Ce sont tes amis? demande l'oncle Marcel.

– Oui, confirme Mo, encore plus fièrement. Des grands de sixième! C'est eux autres qui me gardent aujourd'hui.

– Tes gardiens ! s'étonne le géant. Pas forts comme gardiens, d'après ce que j'ai vu tantôt. J'ai failli t'écraser !

Puis, s'adressant à nous, il ajoute :

– Le p'tit Maurice, il faut jamais le perdre de vue, hein ? Jamais !

– Oui, je sais, que j'avoue, la palette un peu basse. Quand j'étais petit, j'étais comme lui. M'excuse. On va faire plus attention, hein, Ré ?

Ré approuve en abaissant lui aussi sa palette. On a vraiment le caquet bas, tous les deux.

– En effet, confirme l'oncle Marcel avec un peu de sévérité dans la voix. Des paquets de nerfs comme vous autres, c'est pas facile à surveiller… mais, dites-moi… qu'est-ce que vous faites là, sur le trottoir, avec tout cet attirail ?

– On est les KaillouX! annonce Mo, plus fier que jamais. On s'en va chanter au parc.

– Des cailloux qui chantent? fait l'oncle Marcel.

– C'est un nom qu'on s'est donné, poursuit Mo. On va être riches et célèbres. On a gagné un concours à l'école.

– Vous allez chanter au parc?

– Ouep!

– Vous avez la permission?

– Pas nécessaire. La semaine passée, on a chanté et le monde a aimé ça. On a ramassé cinq piasses!

Ré et moi, on se regarde. Les réponses de Mo ne sont pas terribles.

– Moi, intervient l'homme, je pense que ça vous prend un permis de la Ville.

– La Ville ! s'exclame Mo. Voyons donc, mon oncle, je joue là depuis que j'suis tout p'tit. J'ai jamais eu besoin d'un permis pour jouer dans le parc...

Sur cette réponse pitoyable, l'oncle Marcel se retourne vers nous.

– Et vous, les deux « grands » de sixième, qu'est-ce que vous en pensez ?

– Ben, je... nous... euh... on...

Au fond de moi, malgré ma gêne, je me sens un peu soulagé. Ré aussi, je pense. Grâce à l'intervention de ce colosse, on évite peut-être le pire.

L'oncle Marcel a reculé son camion et nous a aidés à placer notre attirail dans la boîte arrière. Un peu tristes quand même, on est montés dans la cabine et, en silence, on a fait le tour du parc.

Par ce beau samedi, il y avait un monde fou. Non loin, une auto-patrouille était stationnée. À l'intérieur, deux policiers veillaient...

Finalement, oui, on l'a échappé belle.

Nous nous engageons enfin sur «notre» rue... mais dans l'autre sens. À côté de moi, Mo sort piteusement sa manette de sa poche. Devant nous, la porte du garage s'ouvre et le camion pénètre dans l'ombre, avalé tout entier.

Pendant que la porte se referme, je jette un dernier regard vers cette trop longue rue... et son si joli petit parc, au bout.

Ce samedi-là, l'oncle Marcel est resté avec nous autres...

Pour nous garder, je pense.

86

Il nous a aidés à remonter la batterie de Mo dans le sous-sol. Il a même réparé la cymbale et a fait disparaître toute la rouille avec du DW-40. Dans son camion, un gros F-150, il a trouvé tous les outils qu'il faut. Avec ça, on a ajusté les cymbales, les pédales... et même la tension des peaux sur les diverses caisses. On lui a fait une batterie neuve, à Mo.

Finalement, l'oncle Marcel, c'est nous qui l'avons gardé. On lui a fait *Découragé, je suis au désespoir* des Bel-Canto. On a donné notre maximum. Il riait. Parce que ça paraissait dans nos faces qu'on n'était pas découragés du tout... ni au désespoir.

Au milieu de la chanson, il s'est soudain levé pour gigoter comme une danseuse «à gogo». On a trouvé ça vraiment bizarre, comment les filles se trémoussaient dans l'ancien temps.

Puis il s'est mis à chanter avec Ré. Il connaissait presque toutes les paroles. Là, on l'a trouvé super sympathique. Ça lui rappelait *Jeunesse d'aujourd'hui*, une vieille émission de télé en noir et blanc où passaient les groupes yé-yé d'autrefois.

Après, on a fouillé dans le vieux meuble des Extravagants et on est tombés sur un disque des Habits Jaunes. On a sorti les feuilles de leur plus gros succès : *Miss Boney Maronie!*

Ça commence comme ça :

Connaissez-vous miss Boney Maronie…
Il faut la voir avaler son macaroni…

Décidément, il va falloir se trouver un autre répertoire…

Et une autre place pour chanter que dans un parc, au bout d'une rue.

DAPHNÉ

« Le jour où j'ai mis
les pieds pour la première
fois dans le bureau
d'un optométriste,
je ne savais pas que
je ne voyais pas. »

Le jour où j'ai mis les pieds pour la première fois dans le bureau d'un optométriste, je ne savais pas que je ne voyais pas. Je pensais que tout le monde voyait ce que je vois, c'est-à-dire pas grand-chose au-delà d'une distance de trois mètres. Je trouvais normal de lire en tenant le livre à dix centimètres de mon nez et tout aussi normal qu'au-delà du fameux trois mètres, la vie tout entière devienne floue, une espèce de brouillard opaque où les formes, les visages, les silhouettes se confondent. Je croyais aussi que, pour tout le monde, le bout de la rue était un concept nébuleux, un lieu visuellement inaccessible où un chien ne se distingue pas beaucoup d'une borne-fontaine, ni un piéton d'un arbre ou d'un panneau de signalisation.

Je me trompais. Les gens, en général, voient. Moi, non.

Il a fallu que ma sœur Désirée, elle qui traverse la vie centrée sur elle-même, elle qui ne voit rien, au sens noble du mot voir, eh bien il a fallu que ce soit elle qui alerte mes parents sur mes perceptions, ou mes non-perceptions, un peu particulières. Un soir où toute la famille était réunie devant la télé, elle s'est brusquement impatientée.

– Pousse-toi un peu, Daphné, on voit rien, tu caches l'écran !

Bon, il faut dire que, comme chaque fois que je regarde la télé, j'avais avancé mon fauteuil *assez près* de l'écran. Ce soir-là, je l'avais peut-être avancé un peu plus. Toujours est-il que, selon son témoignage, ma sœur voyait le derrière de ma tête plutôt que le documentaire sur la transmutation des métaux que nous étions en train de regarder – que j'étais en train de regarder, plutôt (ma mère lisait, mon père somnolait derrière son journal, Désirée regardait le derrière de ma tête).

– Et puis, je sais pas si tu le sais, mais tu commences à avoir le dos rond. T'es toute courbée.

Ce double constat a aussitôt réveillé mon père, mon père affublé de yeux trop longs qui empêchent les rayons lumineux de converger correctement vers sa rétine. Mon père myope qui, sans ses lunettes, pose le beurrier à l'envers sur la table de la cuisine, m'appelle Désirée trois fois sur quatre, salue la voisine en l'appelant « Monsieur » et demande au camelot, qui a pourtant la quarantaine bien sonnée, ce qu'il compte faire quand il sera grand.

Myopie : mot d'origine grecque qui signifie que plus les objets s'éloignent, moins tu les vois.

Myope et courbée. Pourquoi moi ? Pourquoi moi et pas Désirée ?

Mon père s'est redressé et nous a regardées à tour de rôle, ma sœur et moi.

– Je me demandais laquelle de vous deux hériterait de ma myopie.

Il souriait fièrement, comme s'il nous léguait un trésor.

– J'ai ma réponse : c'est toi, Daphné.

– Fiou ! a fait Désirée. Heureusement que c'est pas moi ! Des lunettes, j'en porte, mais pas pour voir.

Silence, le temps de décrypter l'information, puis, Désirée encore :

– Mais au moins, Daphné, sur ton nez, les lunettes risquent pas de tomber !

Nouvelle pause, le temps de digérer l'allusion désobligeante à mon solide appendice nasal, puis, Désirée toujours :

– T'as vraiment pas de chance, Daphné. Trop de jambes, trop de nez, pas assez de vue...

– Erreur ! a aussitôt rectifié mon père. Tu sauras, Désirée, que les myopes voient mieux que tout le monde.

– Ah oui ? ai-je demandé, pas vraiment convaincue.

– Étant donné qu'on ne voit pas bien de loin, tout ce qui est à portée de notre vue est aussitôt saisi, regardé, analysé, pesé, soupesé, disséqué... rien ne nous échappe.

– À part le beurrier, a cru bon de rappeler ma mère en levant le nez de son livre.

– Pure distraction, a rétorqué mon père.

– La voisine, aussi…

– La voisine ? Quelle voisine ?

Toujours est-il que je suis myope et pas juste un peu. Je refuse de raconter ma visite chez l'optométriste, l'examen, l'incrédulité du monsieur quand j'ai confondu un Z haut de trois centimètres avec un 2 et un 8, à peine moins gros, avec un B.

Je refuse aussi de décrire mes premiers jours de cohabitation avec ma prothèse. Dès que l'opticienne a déposé une paire de lunettes sur mon nez, le monde a chaviré. Tout, absolument tout s'est mis à bouger, j'ai eu des vertiges pendant trois jours. Chaque fois que je descendais un escalier, j'avais l'impression que les marches se dérobaient sous mes pieds, ce qui fait que j'en ratais une sur deux. En montant, ce n'était pas beaucoup mieux : la marche avait l'air de se dédoubler, j'élevais exagérément le pied, qui allait buter sur la contremarche avec un bruit sec qui exaspérait la famille au grand complet.

– Tu devrais porter des lentilles ou te faire opérer, bougonnait Désirée. T'aurais l'air moins zombie et nous, on arrêterait de sursauter à tout bout de champ.

– Plus tard, les lentilles, a protesté mon père. Il faut d'abord que Daphné s'habitue à ses lunettes.

Je me suis donc habituée aux lunettes. J'ai appris à marcher avec, à penser avec, à voir avec.

Pas simple.

La première fois que je suis sortie, j'ai été éblouie par le soleil et j'ai failli percuter une voiture en traversant la rue.

Moi qui avais passé des années à vivre dans un brouillard relatif, voilà que tout brillait, que les objets, les gens avaient chacun un contour précis, une silhouette, que les formes n'empiétaient pas les unes sur les autres, qu'un chat était bel et bien un chat et un arbre, un tronc avec des branches et des feuilles dentelées, plutôt que cette masse compacte dont seule la couleur variait selon les saisons. Je voyais tout, je voyais trop.

Heureusement, il y avait les moments de lecture sans lunettes. Avec un livre à dix centimètres de leur nez, les myopes sont rois. Ils distinguent tout, les mots, les fautes d'impression, le grain du papier, c'est tout juste s'ils ne voient pas à travers les pages.

Pour le reste, presque tout leur échappe. Mais je persiste à croire qu'il n'est pas nécessaire de tout voir. La preuve?

En sortant de l'école, je les ai aperçus tous les deux. Au bout de la rue, marchant l'un derrière l'autre. Depuis que je vois, j'ai tendance à regarder les bouts de rue parce que ça me donne une impression de puissance. Voir quelque chose à une telle distance, c'est fabuleux. Donc, je les ai vus, Hector, mon ami concierge, et David, le gars qui travaille au dépanneur du coin. J'ai tout de suite compris que quelque chose clochait: ils marchaient l'un derrière l'autre au lieu de marcher côte à côte. Hector et David. Ils se connaissent, habitent le même quartier. La rue était passablement achalandée. On était en novembre, 17 heures, l'après-midi venait de basculer dans la nuit.

Hector marchait de son grand pas alerte, David suivait.

J'étais sur le point de les rattraper quand le feu est passé au rouge. Hector s'est arrêté. David en a fait autant, en restant toujours derrière. Et c'est là que l'incident s'est produit. J'ai vu une chose que j'aurais préféré ne pas voir : David a glissé sa main gauche dans la poche d'Hector et en a sorti un portefeuille qu'il a aussitôt fait disparaître dans la sienne.

Le gros portefeuille en cuir brun d'Hector.

Je me suis arrêtée pile. Personne n'avait rien vu, rien remarqué, moi oui. Tout ce qui est à portée de notre vue, avait dit mon père. Rien ne nous échappe.

Hector et David. Le premier achète chez le second, le second dépanne le premier. David, le plus jeune fils du dépanneur Granger, un grand monsieur qui incline toujours la tête du côté gauche, comme s'il avait accepté une fois pour toutes que le monde ne va jamais droit. Dans le quartier, on l'appelle Midi-moins-cinq, le père Granger. On l'aime bien. On aime aussi David. On l'*aimait* bien.

Je suis restée immobile de longues secondes, le flot des passants s'est refermé sur moi, et tandis que David traversait la rue en courant, aussi souple et léger qu'un lévrier, Hector poursuivait son chemin comme si de rien n'était, inconscient du petit drame qui venait de se jouer à ses dépens.

Maudites lunettes ! Sans elles, je n'aurais rien vu et je serais rentrée bien tranquille à la maison.

Que faire, à présent ? Quand on aime bien le voleur et le volé, quand on aimerait tout effacer, que tout redevienne comme avant ?

Quand on aimerait n'avoir rien vu.

Réponse : on défait ce qui a été fait. On essaie.

Je me suis lancée à la poursuite de David et j'ai traversé la rue sans trop me soucier de la circulation. J'ai entendu des voitures freiner, des pneus crisser, des gens m'insulter. Je me suis retrouvée de l'autre côté, saine et sauve mais sans lunettes. Devant moi, le dos flou de David s'éloignait, David qui avait ralenti son allure et, ne se sachant pas repéré, marchait le plus normalement du monde. Près de moi, on a crié :

– Mademoiselle, c'est à vous, ça ?

Ça, c'était mes lunettes. Poussiéreuses, avec l'un des verres craquelé.

J'ai remercié le monsieur, j'ai remis mes lunettes et je suis repartie de plus belle, malgré mon sac à dos qui pesait une tonne et l'œil droit qui ne voyait plus grand-chose sinon les miettes d'un monde pulvérisé. « Comment vais-je m'y prendre ? ai-je pensé. Voler des portefeuilles volés, je n'ai jamais fait ça, moi. Je n'ai pas l'âme (ni le talent) d'un pickpocket. » Je revoyais David, sa main levée, la légère torsion du poignet, le mouvement rapide, instantané. Petit à petit, je me rapprochais de lui et j'essayais de m'imaginer accomplissant les mêmes gestes, mon poignet qui pivote, ma main qui effleure l'étoffe tiède, touche le cuir, retire le portefeuille...

Je l'ai suivi sur une assez longue distance. J'ignorais totalement où nous allions. Tout ce que je savais, c'est qu'on s'éloignait de la maison, qu'il me faudrait refaire tout le trajet en sens inverse et que l'heure du souper approchait. J'ai accéléré le pas, quelques mètres à peine me séparaient à présent de David. Il avait l'air totalement détendu et sifflotait. Mon poignet gauche s'était mis à tournoyer, une espèce de rotation anarchique qui avait peu à voir avec le mouvement alerte et souple de David. Puis, je me suis retrouvée derrière lui et c'est là que les choses ont commencé à se gâter.

David marchait *les mains dans les poches.*

Sur le coup, je n'ai pas su quoi faire. Parce qu'on a beau dire, ce petit détail en apparence insignifiant avait ici une certaine importance.

Comment voulez-vous qu'un pickpocket s'y prenne pour glisser sa main dans une poche déjà occupée?

J'ai continué à suivre David en espérant qu'il chute, fasse l'aumône, se gratte la tête, achète un journal, n'importe quel geste qui solliciterait ses mains. Il faisait complètement noir à présent et je commençais à avoir faim.

J'ai donc décidé de passer à l'attaque, en recourant à une tactique éprouvée qui fonctionne à tout coup et qu'on pourrait appeler «manœuvre de diversion».

– Salut, David!

Il a sursauté, s'est retourné.

– Ah! Salut, Daphné.

Après une seconde d'hésitation, il s'est penché vers moi en plissant les yeux.

– Tes lunettes! Qu'est-ce qui t'est arrivé?

Mon œil gauche voyait David en entier, mon œil droit, un David en pièces détachées.

– Presque rien, ai-je répondu. Un léger malentendu entre elles et moi.

On est restés l'un devant l'autre pendant une minute qui m'a paru une heure, moi attendant désespérément qu'il sorte ses mains de ses poches, lui attendant désespérément que je déguerpisse. Mon poignet était toujours agité de spasmes nerveux, comme s'il s'entraînait en vue d'une compétition sportive. Pour mettre David en confiance et comme il fallait bien dire quelque chose, je lui ai débité les banalités habituelles sur le temps qu'il faisait, sur l'hiver qui approchait, sur l'obscurité qui tombait tôt, bref le genre de platitudes qui ferait fuir n'importe qui. David a effectivement regardé sa montre, ce qui a libéré ses mains et vidé ses poches.

– Bon, c'est pas que je m'ennuie, mais il faut que j'y aille. Salut, Daphné.

– OH! REGARDE LÀ-BAS!

– Quoi?

Il s'est tourné dans la direction que je lui indiquais. D'un mouvement rapide, j'ai glissé ma main dans sa poche et saisi le portefeuille. David continuait à scruter les alentours sans se douter de rien.

Pendant une fraction de seconde, j'ai cru avoir remporté une grande victoire.

Erreur : *j'avais bien le portefeuille mais aucun endroit où le cacher.* Les poches de ma veste étaient trop étroites, mon sac à dos trop loin de l'action. Décrocher un sac, le déposer par terre, l'ouvrir d'une seule main pour y enfouir un portefeuille représentent une somme d'opérations assez longues peu compatibles avec la discrétion et la rapidité que suppose le métier de pickpocket.

Il n'y avait qu'une solution : défaire ce que je venais de faire. Ça devenait une spécialité.

Une fraction de seconde avant que David se retourne vers moi, j'avais remis le portefeuille... dans sa poche.

– Je vois rien. Qu'est-ce qu'il y avait à voir ?

– Oh ! rien. Je pensais avoir aperçu Hector.

Manœuvre de diversion. Tactique éprouvée. Mais totalement inutile.

Ma seule consolation : David ne s'était aperçu de rien. J'avais sorti et remis un portefeuille dans sa poche sans qu'il s'en aperçoive.

Il s'est éloigné. Je lui ai emboîté le pas. On a parcouru comme ça une bonne trentaine de mètres. Il s'est arrêté net, visiblement ennuyé.

– Tu me suis, ou quoi ?

– Pas du tout, ai-je répondu sans arrêter de marcher.

– Tu vas où, comme ça ?

– À la maison.

– C'est pas la bonne direction.

– Je fais un détour, j'adore les détours. La marche rapide, c'est bon pour le cardio. J'adore le cardio.

Je marchais depuis une demi-heure au moins, j'avais cassé mes lunettes, j'avais volé et restitué un portefeuille, je n'allais pas m'arrêter là.

David a repris sa marche en silence, je l'ai suivi en silence. Qu'aurais-je pu dire ? Je ne pouvais tout de même pas lui resservir mon couplet sur le temps qu'il faisait, l'hiver qui approchait et l'obscurité qui tombait tôt. Mon entreprise devenait de moins en moins crédible. Je savais, lui ne savait pas que je savais. Mais je ne savais pas où j'allais, je ne savais pas quoi faire, je ne savais surtout pas comment le faire.

Il marchait de plus en plus vite, j'avais peine à maintenir la cadence. Vingt minutes se sont écoulées. Plus on marchait, plus mon entreprise m'apparaissait risquée. On ne peut tout de même pas aimer les détours à ce point.

Il y a sûrement un dieu pour les faux pickpockets. S'il y en a un, il s'est manifesté ce jour-là. Deux miracles se sont produits coup sur coup. On traversait un square quand David a croisé quelqu'un qu'il connaissait et il s'est arrêté pour lui parler. Premier miracle : le square, un lieu avec des bosquets, des haies, des tas de broussailles où il est facile de dissimuler un portefeuille. Second miracle : la rencontre; elle distrayait David et m'évitait de recourir aux manœuvres de diversion déjà tentées.

Le moment était venu d'entrer en action.

Je me suis approchée et, pour la troisième fois de la journée, j'ai glissé ma main dans une poche qui n'était pas la mienne. J'ai sorti le portefeuille et, mine de rien, je l'ai laissé tomber plus loin, dans un petit massif d'arbustes dépouillés de leurs feuilles mais abondamment garnis de détritus de toutes sortes : gobelets de carton, bouteilles vides, mouchoirs de papier.

Il y a peut-être un dieu pour les faux pickpockets, mais il y en a un aussi pour les vrais, je l'ai appris ce jour-là. Une dame particulièrement légère tirée par un chien particulièrement serviable passait justement par là. Le chien a bondi dans le massif et, après trois secondes d'intenses recherches, il est tout bonnement revenu vers moi, le portefeuille d'Hector dans la gueule. Pour un peu, il aurait souri.

– Bravo, 007! s'est écriée la dame en flattant son chien. Un vrai limier, rien ne lui échappe! a-t-elle ajouté en me regardant.

Un vrai myope, ai-je pensé. Devant moi, le chien judicieusement prénommé 007 attendait toujours que je récupère l'objet.

– Prends-le, ton portefeuille, insistait la dame. Il te le donne. N'aie pas peur, il ne te mordra pas.

– Il est pas à moi, ai-je réussi à bredouiller.

Ce qui était la stricte vérité.

– Ben voyons! Il est tombé de ta main. Je l'ai vu.

– La main non plus est pas à moi. Elle… elle est au monsieur, là, ai-je cru bon d'ajouter en montrant David en train de dire au revoir à son ami. Le portefeuille aussi est à lui.

Je n'ai pas mon pareil pour rendre aux voleurs les objets qu'ils volent. Deux fois de suite dans la même journée, c'est une sorte d'exploit.

– Tes lunettes sont bien à toi, *elles*, a ironisé la dame.

– Possible.

– Tu sais qu'elles sont brisées ?

– Euh, non. Je les enlève jamais, je vois rien sans.

Je ne bougeais pas, je ne savais plus comment bouger, j'aurais aimé me transformer en statue de sel et rester pétrifiée dans le square jusqu'à la fin des temps. David revenait vers nous. 007 me fixait toujours en agitant la queue sans discontinuer, l'air de se demander pourquoi l'idiote figée devant lui ne reprenait pas ce qui avait tout l'air de lui appartenir.

– Laisse tomber, 007 ! a fait la dame. On s'en va.

Sauf qu'il n'a rien laissé tomber du tout, le fin limier. À bout de patience, la dame a essayé de lui arracher le portefeuille, mais le chien secouait la tête et serrait les dents plus fort en grognant. Elle a eu beau tirer de toutes ses forces, 007 tenait bon.

– Je m'en charge, est intervenu David.

Il s'est penché pour flatter 007.

– Bon chien, bon chien, a-t-il murmuré d'une voix qui aurait fait craquer James Bond en personne.

Le chien serviable s'est figé et, de joie, a lâché le portefeuille dans la main de David, qui l'a aussitôt remis dans sa poche. Quelle vie trépidante pour un portefeuille ! ai-je pensé. Celui d'Hector avait connu en moins d'une heure plus de péripéties que dans toute son existence.

Le chien et la dame partis, David s'est éloigné à son tour sans un regard pour moi.

– Il est pas à toi! ai-je crié.

Il a ralenti, s'est retourné. Lentement.

– De quoi tu parles?

– Tu sais très bien de quoi je parle!

Il a fait un pas dans ma direction.

– Non, il est pas à moi. Et alors? Tu vas me dénoncer?

– Ben non.

On est restés quelques secondes à se dévisager en silence. À cette distance, il avait l'air totalement inoffensif, une sorte de grand frère bizarre mêlé à des combines un peu louches.

– Si j'avais voulu te dénoncer, je l'aurais fait dès le début. On dénonce pas les amis.

Il faisait froid, le vent transperçait ma veste trop légère. J'étais loin de chez moi et je claquais des dents.

– Je voulais juste... moi, tout ce que je voulais...

Il s'est approché encore plus près et m'a jeté un regard chargé d'interrogation, d'inquiétude, de ressentiment.

– Qu'est-ce que tu voulais, Daphné ?

– Défaire ce qui a été fait. Effacer tout ça, ai-je ajouté en montrant ses poches.

Il a souri.

– Ben, ta technique est pas tout à fait au point, ma vieille. Les trois fois, j'ai bien cru que les coutures de mes poches allaient céder, tellement ça poussait fort. Tu t'es trompée de poche, aussi. T'as remis le portefeuille dans ma poche de droite. Je l'avais mis dans la gauche.

– L'honneur, tu sais ce que c'est ?

Le sourire a disparu.

– J'ai fait ça pour l'honneur. Le tien, celui de ton père.

Il a hoché la tête sans rien dire, puis il a haussé les épaules, comme si plus rien n'avait d'importance.

– Oublie pas de faire réparer tes lunettes, Daphné.

Il a remis ses mains dans ses poches et s'est éloigné à grands pas. Il ne s'est pas retourné.

J'ignore comment j'ai réussi à rentrer chez moi. J'ai refait le long trajet en grelottant, les dents serrées et la rage au cœur. J'avais tout fait rater. Dorénavant, il me faudrait vivre avec ce secret.

Je marchais tête baissée, luttant contre le vent et les idées noires. Tout ce que j'apercevais à travers mes lunettes, c'était le trottoir qui défilait sous mes pieds, un côté intact, l'autre en petits morceaux. J'ai heurté des passants, d'autres m'ont frôlée. J'avais l'air étrange, je m'en fichais. Je pensais à Hector à qui je ne dirais rien, Hector qui continuerait à fréquenter Midi-moins-cinq sans se douter que son fils était un type pas très fiable.

En arrivant à la maison, j'ai attrapé une pomme, un bout de fromage et je me suis enfermée dans ma chambre. Je ne voulais parler à personne. Je voulais lire, lire toute la nuit, pour me vider l'esprit et oublier tout ça. J'ai déposé mon sac à dos par terre.

J'ai vu tout de suite que le compartiment du haut était entrouvert. La fermeture éclair avait glissé d'un côté, laissant une ouverture d'une douzaine de centimètres. J'ai ouvert le sac. Au milieu de mes livres et de mes cahiers en désordre, le cuir brun du portefeuille luisait.

– Hector ? C'est Daphné.

Je tenais le combiné du téléphone dans la main gauche, le portefeuille dans la droite. Les deux tremblaient un peu.

– Tu ne sais pas ce qui m'arrive, Daphné ?

– Non.

– J'ai perdu mon portefeuille.

– T'es sûr ?

– Tout à l'heure, je suis allé au dépanneur Granger et, *niet*, pas de portefeuille.

Je repensais à mon interminable marche, au trottoir avec un côté intact et l'autre en miettes, aux piétons que j'avais bousculés ou qui m'avaient bousculée. David était parmi eux.

– T'as dû l'oublier, Hector. T'es sûr qu'il est pas chez toi ?

– J'ai cherché partout. Rien.

– T'as regardé sur ton bureau ?

– Évidemment.

– Sous le lit ?

– Aussi, mais qu'est-ce qu'un portefeuille ferait sous un lit ?

À un certain moment, il avait rebroussé chemin. À la dernière minute, il avait changé d'idée, il était revenu sur ses pas.

– Dans la cuisine, peut-être ?

– Passée au crible, comme le reste.

– Dans le frigo ?

– Daphné !

– Tu perds tout, Hector.

– T'exagères !

Il m'avait suivie, s'était approché. La main tendue, la torsion du poignet, les doigts habiles qui font glisser la fermeture éclair… Je ne m'étais aperçue de rien, je n'avais rien vu, rien senti.

Mais il l'avait fait.

– J'arrive, Hector. On va le chercher ensemble, ton portefeuille. Je te parie ce que tu veux que je le trouve avant toi.

J'ai raccroché et souri malgré moi. Je n'avais plus qu'à me rendre chez Hector, trouver un endroit plausible où dissimuler le portefeuille et faire semblant de le retrouver.

Mon poignet a recommencé à faire des siennes.

www.triorigolo.ca

Pour t'amuser à des jeux
originaux spécialement conçus
à partir du monde du Trio rigolo

Pour partager des idées et
des informations dans la section
Les graffitis

Pour lire des textes drôles
et inédits sur l'univers de chacun
des personnages

Pour connaître davantage
les créateurs

Et pour découvrir plein
d'activités rigolotes

Le Trio rigolo

AUTEURS ET PERSONNAGES :

JOHANNE MERCIER – LAURENCE
REYNALD CANTIN – YO
HÉLÈNE VACHON – DAPHNÉ

ILLUSTRATRICE : MAY ROUSSEAU

www.triorigolo.ca

RECYCLÉ
Papier fait à partir
de matériaux recyclés
FSC® C103567

Marquis imprimeur inc.

Québec, Canada
2011

Imprimé sur du papier Silva Enviro 100% postconsommation
traité sans chlore, accrédité ÉcoLogo et fait à partir de biogaz.